Konstantin Freiherr von Ettingshausen

Die Kreideflora von Niederschoena in Sachsen, ein Beitrag zur Kenntniss der ältesten Dicotyledonengewächse

Konstantin Freiherr von Ettingshausen

Die Kreideflora von Niederschoena in Sachsen, ein Beitrag zur Kenntniss der ältesten Dicotyledonengewächse

Unveränderter Nachdruck der Originalausgabe von 1867.

1. Auflage 2024 | ISBN: 978-3-38615-999-9

Antigonos Verlag ist ein Imprint der Outlook Verlagsgesellschaft mbH.

Verlag: Outlook Verlag GmbH, Zeilweg 44, 60439 Frankfurt, Deutschland, info@outlook-verlag.de
Vertretungsberechtigt: E. Roepke, Zeilweg 44, 60439 Frankfurt, Deutschland
Druck: Libri Plureos GmbH, Friedensallee 273, 22763 Hamburg, Deutschland

Die Kreideflora von Niederschoena in Sachsen,

ein Beitrag zur Kenntniss der ältesten Dicotyledonengewächse.

Von dem c. M. Prof. Dr. Const. Freih. v. Ettingshausen.

(Mit 3 Tafeln.)

(Vorgelegt in der Sitzung am 17. Jänner 1867.)

Die Pflanzenreste führenden Schichten des Schieferthones im unteren Quader von Niederschoena bei Freiberg sind schon seit Langem bekannt. Sternberg beschrieb in seinen Beiträgen zur Flora der Vorwelt sechs Pflanzenarten aus denselben. Seither erweiterten Zenker, Bronn, Geinitz u. A. die Kenntniß über diese fossile Flora. Doch sind bisher hauptsächlich nur Filices, Cycadeen und Coniferen, im Ganzen 13 Arten dieser interessanten Kreideflora, hingegen die zahlreichen Reste von Dicotyledonen, welche zu den ältesten der Erde gehören, noch nicht genauer untersucht und bestimmt worden.

Da ich nun durch die Güte des Herrn Prof. Beyrich in Berlin die vielen im königl. Museum daselbst aufbewahrten aus der Cotta'schen Sammlung stammenden Pflanzenfossilien von Niederschoena zu untersuchen in die Lage gekommen bin, so glaube ich dem Wunsche des hochverehrten Senders dadurch am besten zu entsprechen, daß ich das Resultat der Untersuchung und die von mir bestimmten neuen Arten als einen Beitrag zur Kenntniss dieser vorweltlichen Flora der Öffentlichkeit übergebe.

Die allgemeinen Resultate der Untersuchung sind:

1. die fossile Flora von Niederschoena ist eine Landflora mit rein tropischem Charakter.

2. Von den 42 Arten, welche ich unterscheiden konnte, fallen auf die Thallophyten 3, auf die Acotyledonen 4, auf die Gymnospermen 5, auf die Monocotyledonen 2 Arten. Die Dicotyledonen zählen 28 Arten und zwar die Apetalen 16, die Gamopetalen 1, die Dialypetalen 11 Arten.

Die Artenzahl der Gymnospermen und niederen Dicotyledonen verhält sich demnach zu der der höheren nahezu wie 2 : 1. Im gleichen Verhältnisse steht die Zahl der ausgestorbenen Gattungen zu jener der recenten.

3. Die Flora von Niederschoena hat mit anderen fossilen Floren 16 Arten gemein. Von diesen sind **14 bezeichnend für die Flora der Kreide-Periode**; Eine Art kommt auch in der Wealden- und Eine in der Tertiärformation vor. (Siehe die beifolgende Tabelle.)

4. **Die Analogien dieser vorweltlichen Flora mit der Flora der Jetztwelt** sind in nähere und entferntere abzutheilen. Zu den ersteren gehören jene fossilen Pflanzenarten, welche nicht nur jetztlebenden Geschlechtern eingereiht, sondern zu welchen auch jetztlebende Arten derselben als unverkennbar verwandte Ähnlichkeiten gefunden werden konnten. Ich will hier nur als die wichtigsten hervorheben: *Pteris Reichiana,* welche der *P. Kinghiana* Endl., einer auf der Insel Norfolk wachsenden Art, *Aspidium Reichianum,* welche dem auf den Philippinen einheimischen *A. ligulatum Kunze* am meisten entspricht; *Ficus bumelioides,* der ostindischen *F. nitida* Thunb., *Rhopala primaeva,* der brasilianischen *R. inaequalis* Pohl; *Banksia longifolia,* der neuholländischen *B. spinulosa R.* Brown. am meisten analog.

Die Mehrzahl der Arten ist jedoch den entfernteren Analogien beizuzählen. Für viele derselben konnten die Familien bestimmt werden, welchen sie angehörten und für einige auch die nächst verwandten Gattungen wenigstens muthmaßlich bezeichnet werden.

5. In der Kreideflora von Niederschoena sind folgende Vegetationsgebiete der Jetztwelt repräsentirt:

a) Neuholland durch eine der Gattung *Frenela* verwandte *Cupressinee,* durch eine auch in der Flora der Tertiärperiode vorkommende *Banksia*-Art, durch zwei mit *Dryandra,* durch eine mit *Lomatia* und durch eine der Gattung *Conospermum* nahe verwandte Proteaceen;

b) Ostindien durch einige *Ficus*-Arten und durch eine *Laurus*-Art;

c) Südafrika durch eine *Gleicheniacee,* eine *Protea*-Art und durch eine der Gattung *Pterocelastrus* nahe verwandte *Celastrinee;*

d) Brasilien, Westindien und Nordamerika durch je
Eine Art.

6. Bei der Vergleichung der in dieser Flora erscheinenden ältesten Dicotyledonen-Formen mit jenen anderer fossiler Floren fand ich für die Mehrzahl der Arten die nächst verwandten Analogien in der Flora der Tertiärperiode.

Am auffallendsten ist die Verwandtschaft von *Fagus prisca* mit *Fagus Feroniae;* von *Ficus protogaea* mit *Ficus lanceolata;* von *F. bumelioides* mit einer in der fossilen Flora von Sagor vorkommenden noch nicht beschriebenen *Ficus*-Art; von *Artocarpidium cretaceum* mit *A. integrifolium* aus der fossilen Flora von Sotzka; von *Daphnogene cretacea* mit *D. polymorpha;* von *Dryandroides latifolius* und *D. Zenkeri* mit den in der älteren Tertiärflora verbreiteten *Dryandroides hakeaefolius* und *D. acuminatus;* von *Apocynophyllum cretaceum* mit *A. haeringianum;* von *Acer antiquum* mit *A. decipiens* der Tertiärflora der Schweiz; von *Callistemophyllum Heerii* mit *C. melaleucaeforme* der tertiären Flora von Häring; von *Palaeocassia lanceolata* mit *Cassia Phaseolites* der fossilen Floren von Sotzka und Radoboj; von *Inga Cottai* mit *I. europaea* der fossilen Flora von Häring.

Von anderen Abtheilungen des Pflanzenreiches sind einige bisher für die Tertiärflora aufgestellte Gattungen wie *Xylomites, Frenelites, Culmites, Caulinites* auch in der Kreideflora von Niederschoena durch eigenthümliche Arten repräsentirt.

7. Durch das Vorherrschen der Proteaceen (mit 6 Gattungen und 7 Arten) der Gymnospermen (mit 3 Gattungen und 5 Arten) und der Leguminosen (2 Gattungen und 3 Arten) nähert sich diese Flora ihrem Charakter nach einerseits den Floren von Neuholland und Oceanien, andererseits der Flora der älteren Tertiärperiode. Durch die verhältnißmäßig reichlichere Repräsentation der Gymnospermen und Filices aber ist sie von beiden verschieden und schließt sich den älteren Secundärfloren an.

Als charakteristische Gattungen theils der Kreideflora im allgemeinen, theils der fossilen Flora von Niederschoena im besonderen sind zu betrachten: *Didymosorus, Cunninghamites, Credneria, Daphnites* und *Conospermites.*

Vergleichung der fossilen Flora von Niederschoena mit anderen fossilen Floren und mit der Flora der Jetztwelt.

Aufzählung der Arten der fossilen Flora von Niederschoena.	Vorkommen in Niederschoena.	Vorkommen in anderen fossilen Localfloren.	Analogien und Repräsentanten in anderen Floren.
Thallophyta.			
Phyceae.			
Halyserites Reichii Sternb. .	selten.		*Halyseris polypodioides* Ag.
Pyrenomycetes.			
Phacidium Palaeocassiae Ett.	n. selten.		*Phacidium Eugeniarum* Heer, Tertiärfl. d. Schweiz.
Xylomites ellipticus Ett.	selten.		*Xylomites deformis* Ung., Foss. Flora von Sotzka.
Cormophyta.			
Acotyledones.			
Filices.			
Pteris Reichiana Brongn. sp.	n. selten.	Sahla (Kreide), Süntel (Wealden).	*Pteris Kinghiana* Endl., Insel Norfolk.
Aspidium Reichianum Sternb. sp.	selten.	Sahla, St. Wolfgang.	*Aspid. ligulatum* Kunze, Philippinen-Inseln.
Didymosorus comptoniifolius Deb. et Ettingsh.	n. selten.	Aachen (Obere Kreide).	{ *Gleichenia polypodioides* Sm. Süd-Afrika.
Pecopteris lobifolia Corda	selten.	Mscheno (Unterer Quader)	{ *G. argentea* Kaulf., Kap der guten Hoffnung.
Gymnospermae.			
Cycadeae.			
Pterophyllum cretosum Reich. .	selten.		} Einige *Pterophyllum*-Arten der Jura- und der
„ *saxonicum* Reich. . . .	selten.		} Liasformation.

Coniferae.			
Frenelites Reichii E t t.	häufig.	Aigen b. Salzb. (Kreide)	Neuholländische *Frenela*-Arten.
Cunninghamites Oxycedrus S t r n b.	s. häufig.	Aigen.	} *Cunninghamia sinensis* R. Br., China.
„ *Sternbergii* E t t.	selten.		
Monocotyledones.			
Gramineae.			
Culmites cretaceus E t t. . .	selten.	Aigen.	*Culmites*-Arten der Tertiärformation.
Najadeae.			
Caulinites stigmarioides E t t.	s. selten.	—	*Caulinites*-Arten der Tertiärflora.
Apetalae.			
Cupuliferae.			
Quercus Beyrichii E t t.	s. selten.	—	{ *Q. Lonchitis* U n g., Tertiärflora von Sotzka. *Q. Godeti* H e e r, Tertiärflora der Schweiz.
Fagus prisca E t t. . .	s. selten.	—	{ *Fagus Feroniae* U n g., d. Tertiärflora. *F. ferruginea* A i t., Nordamerika.
Moreae.			
Ficus protogaea E t t. .	s. selten.	—	*Ficus lanceolata* H e e r, Tertiärflora.
Geinitzii E t t.	häufig.	Grünbach (Gosau - F.)	*F. multinervis* H e e r, Tertiärflora.
„ *bumelioides* E t t.	n. selten.	Aigen.	{ *F.* n. sp. Tertiärflora von Sagor. *F. nitida* T h u n b., Ostindien.
Artocarpeae.			
Artocarpidium cretaceum E t t.	s. selten.	Grünbach, Nied. - Österreich.	*Artocarp. integrifolium* U n g., Tertiärfl. von Sotzka.
Laurineae.			
Laurus cretacea E t t. .	s. selten.		*Daphnidium bifarium* N e e s., Ostindien.
Daphnogene primigenia E t t. .	s. selten.		*Daphnogene polymorpha*, Tertiärfloren.

Aufzählung der Arten der fossilen Flora von Niederschoena.	Vorkommen in Niederschoena.	Vorkommen in anderen fossilen Localfloren.	Analogien und Repräsentanten in anderen Floren.
Daphnoideae.			
Daphnites Goepperti Ett.	selten.	Aigen bei Salzburg.	*Daphne*-Arten der Tertiärflora.
Proteaceae.			
Protea Haidingeri Ett.	s. selten.	—	*Protea lingulata* Heer., Tertiärflora d. Schweiz. *P. glabra* Thunb., Südafrika.
Conospermites hakeaefolius Ett.	n. selten.	—	*Conospermum triplinervium* R. Brown., Neu-holland. *Hakea dactylioides* Cav., Neuholland.
Rhopala primaeva Ett. . .	s. selten.	—	*Rhopala aneimiifolia* Heer, Tertiärfl. d. Schweiz. „ *inaequalis* Pohl, Brasilien.
Lomatites Palaeo-Ilex Ett.	s. selten.	—	*Lomatia Pseudo-Ilex* Ung., Tertiärfl. v. Sotzka. „ *illicifolia* R. Br., Neuholland.
Banksia longifolia Ett.	selten.	S. verbreitet in d. älteren u. mittl. Tertiärschichten.	*Banksia spinulosa* R. Brown., Neuholland.
„ *prototypos* Ett. .	n. selten.	—	
Dryandroides tatifolius Ett.	s. selten.	—	*Dryandroides hakeaefolius* Heer., Tertiärfloren.
„ *Zenkeri* Ett. . . .	s. häufig.	Dreistätten a. d. Wand.	„ *acuminata* Ett., Tertiärfloren.
Gamopetalae.			
Apocynaceae.			
Apocynophyllum cretaceum Ett.	s. selten.		*Apocyn. haeringianum* Ett., Tertiärfl. von Häring.

Dialypetalae.

Ampelideae.

Credneria cuneifolia B r o n n.	n. selten.		} *Credneria*-Arten der Quadersandstein-Flora.
„ *Geinitziana* U n g. . .	selten.		
„ *grandidentata* U n g. . .	selten.		

Acerineae.

Acer antiquum E t t.			*Acer decipiens* H e e r, Tertiärflora d. Schweiz.

Celastrineae.

Celastrophyllum lanceolatum E t t. .	s. selten.		*Celastrus*- u. *Elaeodendron*-Arten d. Jetztwelt.
integrifolium E t t.	s. selten.	Aigen.	*Pterocelastrus tetrapterus* W a l p., vom Kap.

Myrtaceae.

Callistemophyllum Heerii E t t.	s. selten.		*C. melaleucaeforme* E t t., Tertiärflora von Häring.

Papilionaceae.

Palaeocassia angustifolia E t t.	häufig.	Aigen.	
lanceolata E t t.	häufig.	Aigen.	*Cassia Phaseolites* U n g., Tertiärfloren.

Mimoseae.

Inga Cottai E t t. . . .	s. selten.		{ *Inga europaea* E t t., Tertiärflora von Häring.
			{ „ *foedita* W i l l d., Westindien.

Planta incertae sedis.

Carpolithes cretaceus E t t. .	s. selten.	Aigen.	*Carpolithes*-Arten der älteren Secundärfloren.

Als charakteristische oder durch ihre Häufigkeit ausgezeichnete Arten dieser Flora sind hervorzuheben: *Halyserites Reichii* Sternb., *Pteris Reichiana* Brongn. sp., *Pterophyllum saxonicum* Reich., *Frenelites Reichii* Ett., *Cunninghamites Oxycedrus* Sternb., *Caulinites stigmarioides* Ett., *Quercus Beyrichii* Ett., *Ficus Geinitzii* Ett., *Dryandroides latifolius* Ett. und *D. Zenkeri* Ett., *Credneria cuneifolia* Bronn, *Acer antiquum* Ett., *Palaeocassia angustifolia, P. lanceolata* und *Inga Cottai* Ett.

Beschreibung der Arten.

Thallophyta.

Phyceae.

Halyserites Reichii Sternb.

Sternberg, Flora der Vorwelt. Bd. II, S. 34, Taf. 24, Fig. 7. — *Chiropteris Reichii* Bronn Leth. Taf. 28, Fig. 1.

H. fronde stipitata, dichotome bipinnatim ramosa, fere pedata, ramis ramulisque costatis, fere dimidiatis, latere nempe exteriore deficiente, ramulis oblongis, obtusis subfalcatis, costis stipiteque teretibus.

In saxo arenaceo ad Niederschoena prope Freiberg Saxoniae.

Von dieser fossilen Alge sah ich ein großes wohlerhaltenes Exemplar in der Cotta'schen Sammlung. Dasselbe hat nahezu eine Länge von einem Schuh; der Stiel des mehrfach dichotomisch getheilten Laubes ist 5 Millimeter dick. Die Ästchen sind allmälig verschmälert. Außer dem hervortretenden Mediannerv bemerkt an den Ästen und Ästchen keine Nerven. Sternberg bezeichnete *Halyseris polypodioides* als die der fossilen analoge jetztweltliche Art.

Pyrenomycetes.

Phacidium Palaeocassiae Ettingsh.
Taf. I, Fig. 8, vergrößert 8 *b*.

Ph. peritheciis irregularibus polygonis depressis, disco subrotundato, pallido.

In foliolis Palaeocassiae lanceolatae ad Niederschoena.

Bildet auf dem vorliegenden Leguminosen-Blättchen Flecken von 1—2 Millim., auf einem anderen hier nicht abgebildeten Blättchen Flecken von 2—3 Millim. Durchmesser. Sie sind ganz flach, ziemlich scharf umschrieben. In der Scheibe bemerkt man einige strahlenförmig verlaufende feine Risse. Ist dem *Phacidium Eugeniarum* Heer aus den Tertiärschichten von St. Gallen in der Schweiz am nächsten verwandt, jedoch durch das unregelmäßig eckige Perithecium von demselben verschieden.

Xylomites ellipticus Ettingsh.
Taf. I, Fig. 7.

X. peritheciis ellipticis planis, disco centrali vix distinguendo.
In folio Ficus Geinitzii ad Niederschoena.

Bildet kleine elliptische, flache, schwarzgefärbte Flecken, welche über die ganze Blattfläche des hier abgebildeten Blattes von *Ficonium Geinitzii* Ett. vertheilt sind. Daß dieselben nicht von Insecten, sondern von einem Pilze herrühren, dürfte kaum einem Zweifel unterliegen. Die größeren dieser Flecken haben eine Länge von etwas über 1 Millimeter und sind ziemlich regelmäßig scharf abgegrenzt. Die kleineren, wahrscheinlich noch nicht vollständig entwickelten Perithecien sind meist unregelmäßig lappig und im Umrisse mehr rundlich.

Dieser Blattpilz erinnert an einen von Unger auf Feigenblättern in der fossilen Flora von Sotzka aufgefundenen und als *Xylomites deformis* bezeichneten Pilz, welchem aber größere rundliche Perithecien zukommen.

Cormophyta.
Filices.
Pteris Reichiana Ettingsh.

Ettingsh. Farnkräuter, S. 115. — *Pecopteris Reichiana* Brongn. Hist. végét. foss. I, p. 302, t. 116, f. 7. — *Pecopteris Browniana* Dunker, Monogr. d. norddeutschen Wealdenbildung, S. 5, Taf. 8, Fig. 7. — *Alethopteris Reichiana* Sternb. l. c. S. 146. — Ettingsh. Beitr. z. Kenntn. d. Flora d. Wealdenperiode, Abhandl. d. k. k. geol. Reichsanstalt, Bd. I, 3. Abth. Nr. 2. S. 17. — *Pecopteris linearis* Debey und Ettingsh., Die urweltlichen Acrobryen des Kreidegebirges von Aachen und Mästricht, S. 62, Taf. 6, Fig. 20.

P. fronde bipinnata, pinnis lineari-lanceolatis, pinnulis adnatis, oppositis alternisque, linearibus, apice obtusis, sinu

acuto interstinctis; nervatione Alethopteridis, nervo prima-
rio stricto, recto, excurrente, e rhachi sub angulis acutis
oriente, nervis secundariis tenerrimis, angulis acutis egre-
dientibus, furcatis, ramis rectis.

In formatione Cretae ad Sahla prope Ratisbonam et ad Niederschoena prope
Friburgum, nec non in formatione Wealden dicta ad Süntel Germaniae.

Die Fiederchen sind ganzrandig, bald spitz, bald stumpflich.
Die Länge derselben erreicht an einem mir vorliegenden Exemplare
28 Millim. Die Breite nur 4 Millim. Der Primärnerv schneidet sich
mit der Spindel unter Winkeln von 30—45°; unter den gleichen
Winkeln entspringen die verhältnißmäßig entfernt stehenden Secundärnerven.

Als die dieser Art am nächsten verwandte jetztlebende betrachte
ich *Pteris Kinghiana* Endl. von der Norfolk-Insel. (S. Ettingsh.
l. c. Taf. 61, Fig. 4.)

Aspidium Reichianum Sternb. sp.

Ettingsh., Farnkräuter, S. 197. — *Pecopteris Reichiana* Sternberg,
Flora d. Vorwelt, Bd. II, S. 155, Taf. 37, Fig. 2. — *P. striata* Sternb.
l. c. Taf. 37, Fig. 3, 4. — *Pecopteris Schoenae* Reich. Jahrb. 1836,
S. 586. — Cotta, Geognost. Wanderung. I, S. 58.

A. fronde bipinnata, pinnis sessilibus suboppositis patentissimis,
lineari-lanceolatis, pinnulis adnatis contiguis linearibus vel
ovato-oblongis, obtusis; nervatione Pecopteridis, nervis se-
cundariis sub angulis acutis orientibus subrectis, simplicibus,
nervis tertiariis tenuissimis, laeviter arcuatis; rhachi pri-
maria longitudinaliter striata.

In formatione Grünsand dicta ad Sahla prope Ratisbonam Bavariae, ad St.
Wolfgang Austriae superioris nec non ad Niederschoena Saxoniae.

Variirt mit ganzrandigen und an der Basis wellig-gekerbten oder
fast stumpf gelappten Fiederchen. Als die nächst verwandte lebende
Species bezeichnete ich das auf den Philippinen wachsende *Aspidium*
ligulatum Kunze (Ettingsh. l. c. Taf. 121, Fig. 6 und Taf. 124,
Fig. 12).

Didymosorus comptoniifolius Debey et Ettingsh.
Taf. I, Fig. 1, 2.

Debey u. Ettingshausen, die urweltlichen Acrobryen des Kreidegebirges
von Aachen und Mästricht, Denkschr. d. kais. Akad. d. Wissenschaften,
Bd. XVII, S. 187, Tat. 1, Fig. 1—5.

In stratis nonnullis argillosis et arenosis ad Aachen, nec non in schisto
argillaceo ad Niederschoena.

Von diesem charakteristischen Farnkraute fanden sich im Schieferthone von Niederschoena einige Wedelfragmente, welche mit den
a. a. Orten abgebildeten Fossilien genau übereinstimmen. Die Ähnlichkeit des sterilen Wedels mit dem von *Gleichenia polypodioides*
Sm. und *G. argentea* Kaulf. ist in die Augen springend.

Pecopteris lobifolia Corda.

Corda in Reuss Versteinerungen d. böhmischen Kreideformation, S. 95,
    Taf. 49, Fig. 4, 5. — Geinitz, das Quadersandsteingebirge S. 268.

P. fronde . . ., pinnulis margine undulato-incisis, nervis con-
    fertis furcatis arcuato-curvatis, tenuissimis.

In arenaceo quadrato inferiori ad Mscheno prope Schlan Bohemiae nec
non in schisto argillaceo ad Niederschoena.

Aus den wenigen kleinen unvollständigen Bruchstücken von
Fiederchen dieser Art, welche ich im Schieferthone von Nieder-
schoena gesehen habe, konnte ich über die zweifelhafte systematische
Stellung derselben keinen Aufschluß erhalten.

Cycadeae.

Pterophyllum cretosum Reich.

Reich in Cotta geogn. Wanderungen I, S. 58. — *Gaea saxonica* p. 134,
    t. 4, f. 15.

P. fronde pinnata, pinnis integris alternis approximatis adnatis
    patentibus lato-linearibus, rhachi infra sulcato-striata, ner-
    vis crebris crassiusculis.

In arenaceo ad Niederschoena Saxoniae.

Pterophyllum saxonicum Reich.
Taf. I, Fig. 11 u. 12.

Reich, *Gaea saxonica* p. 134. t. 4, f. 14. — Goeppert, Nachtr. z. Flora
    d. Quadersandst. S. 276.

P. fronde pinnata, pinnis suboppositis patentissimis scabris lato-
    linearibus falcatis approximatis obtusis basi subattenuatis,
    nervis crebris tenuissimis, rhachi crassissima.

In arenaceo ad Niederschoena Saxoniae.

Die Oberfläche der Fieder dieser Art ist mit zahlreichen feinen
Knötchen bedeckt, die reihenweise zwischen den Nerven stehen.

Fig. 12, *b* gibt die Vergrößerung eines Fiederbruchstückes des
in Fig. 12 dargestellten Exemplares.

Coniferae.

Frenelites Reichii Ettingsh.
Taf. I, Fig. 10.

Lycopodites insignis Reich in Geinitz Charakteristik der Schichten und Petrefacten des sächsich-böhmischen Kreidegebirges, S. 98. — Bronn *Lethaea* geogn. 1846, S. 577, Taf. 28, Fig. 13.

F. ramis suberectis fastigiatis, ramulis filiformibus confertis, foliis adpressis e basi ovata subulatis, strobilis axillaribus duplo longioribus quam latis.

In arenaceo ad Niederschoena Saxoniae, nec non ad Aigen prope Salisburgum.

Gehört zu den häufigeren Arten dieser fossilen Flora. Durch die zarten fast fadenförmigen gedrängt stehenden Ästchen stimmt diese Cupressinee in der **Tracht** mit *Frenela* überein.

Cunninghamites Oxycedrus Sternb.
Taf. 1, Fig. 9.

Sternberg, Flora d. Vorwelt, Bd. II, S. 203, Taf. 48, Fig. 3, Taf. 49, Fig. 1.

C. ramulis teretibus, foliis sessilibus approximatis, e basi rotundata lineari-lanceolatis angustatis acutis planis nervo mediano percursis, patentibus, utrinque subtus juxta nervum et marginem striato-fasciatis, pulvinis vix prominulis; strobilis oblongis, squamis coriaceis adpressim imbricatis longitudinaliter striatis, margine irregulariter dendato-laceris.

In schisto argilloso ad Niederschoena Saxoniae nec non ad Aigen prope Salisburgam.

Von dieser in den Kreideschichten von Niederschoena und Aigen sehr häufig vorkommenden Conifere fand sich an ersterer Localität ein Fruchtzapfen Fig. 9. Die Ähnlichkeit desselben mit dem Fruchtzapfen von *Cunninghamia sinensis* ist nicht zu verkennen.

Cunninghamites Sternbergii Ettingsh.
Taf. I, Fig. 4—6.

Bergeria minuta Sternb. Flora d. Vorwelt, Bd. II, S. 184, Taf. 49, Fig. 2 a, b. Fig. 3.

C. ramulis teretibus, foliis lineari-lanceolatis, planis, tenuissime nervoso-striatis nervo mediano prominente, pulvinis oblongis vix prominulis; strobilis ovoideo-ellipticis, squamis rigide

*coriaceis adpressim imbricatis, rhombeis acute et aequaliter
angulatis, integerrimis.*

In schisto argilloso ad Niederschoena.

Abgefallene stiellose Zapfen dieser Art wurden von Sternberg
für verkürzte Stämme der von ihm aufgestellten Lepidodendreen-
Gattung *Bergeria,* die dicht anliegenden rhombischen Schuppen für
die Blattnarben derselben gehalten. Die in der Cotta'schen Sammlung aufbewahrten Zapfen Fig. 4 und 6, welche noch mit Bruchstücken der Zweigchen, welche sie trugen, in Verbindung stehen,
haben die meiste Ähnlichkeit mit den Zapfen der vorhergehenden Art,
daher ich selbe der Gattung *Cunninghamites* unterordnete. Von einem
sehr kleinen schmal-linealen blos an der Spitze der Schuppen (nach
Sternberg's Diagnose an der Spitze der Narben) hervortretenden
Knötchen bemerkte ich nichts, jedoch an dem Exemplare Fig. 5 einige
kleine unregelmäßige Höckerchen und Grübchen, die an der ganzen
Oberfläche der Schuppen ungleich vertheilt sind.

Die bei Fig. 4 ersichtlichen abgefallenen Blätter sind etwas
breiter als die der vorhergehenden Art und mit einem stärker hervortretenden Mediannerv durchzogen und dürften wohl zu der eben
beschriebenen Art gehören. An den blattlosen Zweigbruchstücken
bemerkt man hin und wieder die schmalen länglichen kaum vorsprin-
genden Blattpolster.

Gramineae.

Culmites cretaceus Ettingsh.
Taf. I, Fig. 3.

*C. rhizomate incrassato, nodoso annulato, irregulariter sulcato
et tenuiter striato, annulis latis approximatis, cicatricibus
sparsis ellipticis vel oblongis.*

In arenaceo argilloso ad Niederschoena, nec non ad Aigen prope Salisburgum.

Ein Gramineen-Rhizom von fast calamitenartigem Ansehen. Die
Glieder sind mit ungleich stark hervortretenden Furchen und dazwi-
schen mit feinen genäherten Längsstreifen durchzogen. An den breiten
Knotenringen bemerkt man Überreste von länglichen oder quer-elliptischen Narben.

Najadeae.

Caulinites stigmarioides Ettingsh.
Taf. II, Fig. 1.

C. caule crasso laeviter costato, simplici (?), articulis remotis cicatricibus linearibus valde approximatis.

In schisto argilloso ad Niederschoena.

Das vorliegende Stammbruchstück zeichnet sich durch die vielen gedrängt stehenden schmalen linienförmigen 1—3 Millim. langen Narben, mit welchen es besetzt ist, sehr aus. Eine breite mit einem feinen Streifen durchzogene Querfurche bildet die Grenze zweier Glieder, welche ziemlich lang gewesen zu sein scheinen. Die Glieder sind mit flachen Längsrippen durchzogen. Die systematische Stellung dieses Fossils, welches ich vorläufig dem Sammelgeschlechte *Caulinites* einreihte, dürfte wohl erst dann zu ermitteln sein, wenn vollständigere Reste zur Untersuchung vorliegen.

Cupuliferae.

Quercus Beyrichii Ettingsh.
Taf. II, Fig. 2.

A. foliis coriaceis ovato-lanceolatis acuminatis basi inaequalibus, margine argute serratis, nervo primario valido, apicem versus subito attenuato excurrente, nervis secundariis prominentibus; sub angulis acutis variis orientibus arcuatis furcatis laqueos formantibus, nervis tertiariis tenuibus angulo acuto egredientibus.

In schisto argilloso ad Niederschoena.

Die Beschaffenheit des Abdruckes, der scharf hervortretende Blattrand und die starken Eindrücke der Nerven lassen die derbe lederartige Textur dieses fossilen Blattes deutlich erkennen. Dasselbe liegt zwar nicht vollständig vor, doch gestattete die Erhaltung des hier abgebildeten Fragmentes die Ergänzung der Form und die Bestimmung des Geschlechtes, zu welchem das Blatt nach den oben beschriebenen charakteristischen Merkmalen gehört. Der Primärnerv hat in der Mitte der Blattfläche noch eine Dicke von 1·5 Millimeter, verfeinert sich aber gegen die Spitze zu sehr rasch. Die Secundärnerven sind bogenläufig und etwas schlängelig, die unteren bilden mit dem primären wenig spitze Winkel, die oberen hingegen entspringen unter Winkeln von 55—65°. Die schlingenbildenden Äste derselben divergiren von einander unter nahezu 90°. Die ziemlich scharf hervortretenden Schlingenbogen sind vom Rande entfernt und mit einigen Außenschlingen besetzt. Die Secundär-Segmente sind länglich, am äußeren Ende etwas spitz. Die Tertiärnerven haben sich größtentheils nicht erhalten.

Die angegebenen Merkmale weisen dieses Blatt der Gattung *Quercus* zu. Von den bisher beschriebenen Eichenarten kommen unserer Art *Q. Lonchitis* Ung. bezüglich der Form und Zahnung, dann *Quercus argute-serrata* Heer und *Q. Godeti* Heer bezüglich der Nervation am nächsten.

<h3 style="text-align:center">Fagus prisca Ettingsh.</h3>

Taf. II, Fig. 3, vergrößert 3 b.

F. foliis coriaceis petiolatis, ovato-ellipticis, basi obtusiusculis, apice acuminatis, margine undulato-dentatis, nervatione craspedodroma, nervo primario prominente, recto excurrente, nervis secundariis utrinque 6—7, sub angulis acutis orientibus, simplicibus, nervis tertiariis tenuibus inter se conjunctis, rete tenerrimum includentibus.

In schisto argilloso ad Niederschoena.

Dieses Blatt hat sowohl der Form als auch der Nervation nach eine auffallende Ähnlichkeit mit dem Blatte der in der mittleren Tertiärformation sehr verbreiteten *Fagus Feroniae* Ung. Es unterscheidet sich jedoch von diesem durch folgende Merkmale. Die am Abdrucke stellenweise erhaltene verkohlte Blattsubstanz deutet auf ein steifes, lederartiges Blatt hin, welches der *Fagus Feroniae* nicht zukommt. Der Primärnerv und die Secundärnerven treten stärker hervor. Die Tertiärnerven sind meist weniger geschlängelt; sie begrenzen ein aus äußerst kleinen nur dem bewaffneten Auge wahrnehmbaren rundlichen Maschen zusammengesetztes Netz.

<h2 style="text-align:center">Moreae.</h2>

<h3 style="text-align:center">Ficus protogaea Ettingsh.</h3>

Taf. II, Fig. 5.

F. foliis coriaceis oblongis, integerrimis, nervatione campto-droma, nervo primario prominente, recto, nervis secundariis sub angulis 50—60° orientibus, arcuatis, furcatis, ramis

*angulo recto divergentibus laqueos formantibus, nervis ter-
tiariis angulis acutis egredientibus, flexuosis, dictyodromis,
rete laxum macrosynammatum formantibus.*

In schisto argilloso ad Niederschoena.

Von dieser fossilen Pflanze liegt bis jetzt nur das Mittelstück
eines Blattes Fig. 5 mit wohlerhaltener Nervation vor. Die lederartige
Beschaffenheit, die längliche Blattform, welche dasselbe verräth, der
ganze Rand und der Charakter der Nervation deuten auf ein Ficus-
Blatt. In der That zeigt die Vergleichung desselben mit dem Blatte
von *Ficus lanceolata* Heer, Tertiärflora der Schweiz, Bd. II, Taf. 81,
Fig. 4, eine auffallende Ähnlichkeit beider in der Nervation. Das Blatt
von Niederschoena unterscheidet sich jedoch durch etwas feinere und
einander mehr genäherte Secundärnerven und insbesondere durch
die kürzeren netzläufigen von beiden Seiten der Secundären unter
spitzen Winkeln abgehenden Tertiärnerven.

Ficus Geinitzii Ettingsh.
Taf. II, Fig. 7, 9—11.

*F. foliis longe petiolatis subcoriaceis, ellipticis vel oblongis,
integerrimis, basi acutis, apice obtusis, nervatione camptodroma, nervo primario distincto, recto, apicem versus
attenuato, nervis secundariis tenuibus, sub angulis $40-50°$
orientibus, arcuatis flexuosisque approximatis, antemarginem
laqueos formantibus, nervis tertiariis tenuissimis angulis acutis egredientibus, dictyodromis.*

In schisto argilloso ad Grünbach Austriae inf. nec non ad Niederschoena.

Die Blätter dieser Art gehören zu den häufigeren Fossilien der
Kreideflora von Niederschoena. Der Blattstiel erreicht eine Länge von
20 Millim. Die Textur scheint weniger derb gewesen [zu sein, als
wie bei der vorhergehenden Art. Die Form variirt von der fast
eirunden oder elliptischen bis zur länglichen. Die Basis ist mehr oder
weniger spiz, die Spitze abgerundet oder stumpflich. Die Nervation
zeigt den Character wie bei Ficus. Aus einem geraden Primärnerv
entspringen zahlreiche feine genäherte schlingenbildende Secundärnerven. Die grundständigen gehen unter etwas spitzeren Winkeln
ab. Die Tertiärnerven sind kurz und sehr fein; die Netzmaschen
unregelmäßig eckig, im Umrisse elliptisch.

Von den bis jetzt beschriebenen Ficus-Arten kommt dieser Art
die in der Tertiärformation ziemlich verbreitete *F. multinervis* Heer

am nächsten, welche in der Nervation nur durch fast rechtwinklig
entspringende Secundärnerven abweicht.

Ficus bumelioides Ettingsh.
Taf. II, Fig. 6.

*F. foliis petiolatis coriaceis obovato-cuneatis, integerrimis, basi
cuneatim angustatis, apice emarginatis, nervatione campto-
droma, nervo primario prominente, recto excurrente, nervis
secundariis tenuibus sub angulis 30—40° orientibus, arcuatis
approximatis, subsimplicibus, nervis tertiariis angulis acutis
egredientibus, dictyodromis.*

In schisto argilloso ad Niederschoena.

Die nahe Verwandtschaft dieses Fossils mit den beiden vorhergehenden Arten ist nicht zu verkennen; doch sind die unterscheiden-
den Merkmale leicht zu finden und in obiger Diagnose angegeben.

Das Blatt dieser Art ist dem einer noch nicht beschriebenen
Ficus-Art der fossilen Flora von Sagor am meisten ähnlich, hat aber
feinere unter spitzeren Winkeln entspringende Secundärnerven. Von
den jetztweltlichen Arten nähert sich unserer Art in der Blattform und
Nervation die ostindische *Ficus nitida* Thunb. (Ettingsh. Blattskelete d. Apetalen, Taf. 14, Fig. 5, 6).

Bei der Bestimmung dieses Blattfossils durfte auch die Ähnlichkeit desselben mit Blättern einiger Sapotaceen, namentlich von
Bumelia- und Mimusops-Arten nicht unbeachtet bleiben, eine Ähnlichkeit, welche hauptsächlich durch die derbere Textur, die Keilform
des Blattes und den an der ausgerandeten Spitze wenig verfeinert
endigenden Primärnerv hervorgerufen wird.

Artocarpeae.
Artocarpidium cretaceum Ettingsh.
Taf. II, Fig. 4.

*A. foliis coriaceis, obovatis, integerrimis, nervatione campto-
droma, nervo primario crasso, apicem versus attenuato, nervis
secundariis validis arcuatis, sub angulo acuto orientibus,
simplicibus vel furcatis.*

In schisto argilloso ad Grünbach Austriae inf. nec non ad Niederschoena.

Das vorliegende Blattfragment gehörte einem größeren lederartigen mehr eiförmigen als länglichen, gegen die Basis zu etwas

verschmälerten Blatte an, welches mit dem Blatte von *Artocarpidium integrifolium* Ung. aus der fossilen Flora von Sotzka die meiste Ähnlichkeit zu haben scheint. Beide sind von einem mächtigen Primärnerv durchzogen, welcher gegen die Spitze zu schnell sich verfeinert. Die starken bogenläufigen Secundärnerven entspringen unter ziemlich spitzen Winkeln. Das Blatt von Niederschoena war jedoch größer und mit stärkeren entfernter stehenden Secundärnerven versehen.

Laurineae.

Laurus cretacea Ettingsh.
Taf. II, Fig. 13.

L. foliis petiolatis coriaceis, lanceolatis, integerrimis basi acutis, apicem versus angustatis, nervatione camptodroma, nervo primario prominente, excurrente, nervis secundariis sub angulis 40—50° egredientibus, furcatis, ramis inter se anastomosantibus, subflexuosis; nervis tertiariis tenuissimis dictyodromis.

In schisto argillaceo ad Niederschoena.

Dieses Blatt trägt seiner Form, Textur und Nervation nach unläugbar das Gepräge eines Lorbeerblattes an sich. Ich vergleiche es mit den Blättern von *Laurus foedita* und *Daphnidium bifarium* Nees (S. Ettingh. Blattskelete der Apetalen, Taf. 32, Fig. 1, Taf. 33, Fig. 6, 8 und 9).

Daphnogene primigenia Ettingsh.
Taf. I, Fig. 13 und Taf. III, Fig. 15.

D. foliis petiolatis coriaceis, ovatis, integerrimis, trinerviis nervo mediano attenuato, recto, nervis lateralibus nervis externis tenuissimis instructis; petiolo crasso.

In schisto argillaceo ad Niederschoena.

Daß das vorliegende Blattfossil einer *Laurinee* angehörte, dürfte nach der charakteristischen Nervation und Tracht, welche dasselbe erkennen läßt, kaum zweifelhaft sein. Es scheint der in der Tertiärformation weit verbreiteten *Daphnogene polymorpha* am meisten zu entsprechen, sich jedoch von dieser Art durch den im Verhältnisse zu dem starken Stiele feinen Mediannerv und die sehr feinen an der Außenseite der Seitennerven deutlicher sichtbaren Secundärnerven zu unterscheiden.

Daphnoideae.

Daphnites Goepperti Ettingsh.
Taf. II, Fig. 8.

D. foliis coriaceis oblongis vel lanceolatis, integerrimis, basi cuneatim angustatis, nervo primario prominente recto, apicem versus attenuato, nervis secundariis sub angulis 25—40° orientibus, tenuibus flexuosis, brochidodromis, nervis tertiariis tenuissimis angulo acuto exeuntibus dictyodromis.

In schisto argillaceo ad Aigen prope Salisburgum nec non ad Niederschoena.

Längliche oder lanzettförmige ganzrandige gegen die Basis zu verschmälerte Blätter von anscheinend lederartiger Textur und mit wohl erhaltener Nervatur. Ein Blattstiel scheint vorhanden gewesen zu sein; wenigstens kann man an dem Fossil Fig. 8 Spuren des abgebrochenen Stieles wahrnehmen. Die Nervation bietet einige charakteristische Merkmale. Aus einem geraden an der Basis ziemlich scharf hervortretenden Primärnerv, welcher gegen die Spitze zu sich allmälig verfeinert, entspringen zahlreiche feine genäherte etwas geschlängelte Secundärnerven unter sehr spitzen Winkeln. Die Schlingenbogen sind sehr kurz und vom Rande entferntstehend. Die sehr feinen Tertiärnerven gehen von der Außenseite der secundären unter spitzen, von der Innenseite derselben unter stumpfen Winkeln ab; sie bilden ein lockeres aus länglichen Maschen zusammengesetztes Netz.

Bei der Bestimmung dieses interessanten Blattfossils mußten vor allem die folgenden Ordnungen in Betracht gezogen werden und zwar die Daphnoideen, Proteaceen, Sapotaceen und Myrsineen. Ich entschied mich für die erstgenannte Ordnung. Bei der Gattung *Protea*, bei welcher sehr ähnliche Blätter vorkommen, bilden die Secundärnerven keine hervortretenden Schlingenbogen und die Tertiärnerven gehen von der Innenseite der secundären unter spitzen Winkeln ab. Die Gattungen *Bumelia* und *Myrsine* enthalten zwar ebenfalls sehr ähnliche Blattformen, ich konnte jedoch keine Art finden, bei welcher die Secundärnerven unter so spitzen Winkeln abgehen, wie bei dem beschriebenen fossilen Blatte, worin dasselbe eben mit Daphnoideen am meisten übereinstimmt.

Proteaceae.

Protea Haidingeri Ettingsh.
Taf. II, Fig. 12.

*P. foliis lanceolatis, basi attenuatis, nervo primario basi pro-
minente, apicem versus valde angustato, nervis secundariis
tenuissimis, sub angulo peracuto egredientibus, approximatis,
flexuosis.*

In schisto argillaceo ad Niederschoena.

Dem Blatte der *Protea lingulata* Heer (Tertiärflora der
Schweiz, Band II, Seite 95, Taf. 97, Fig. 19—22 am meisten ähnlich,
jedoch von demselben durch die lanzettliche Form und die Verschmälerung gegen die Spitze zu verschieden. Von den jetztlebenden Arten gleicht unserer Art die südafrikanische *Protea
glabra* Thunb. (Ettingh. Apetalen, Taf. 34, Fig. 7 und 8) der
Blattbildung nach in auffallender Weise.

Conospermites hakeaefolius Ettingsh.
Taf. III, Fig. 4 und 12.

*C. foliis longe petiolatis coriaceis, anguste lanceolatis integer-
rimis basi acutis apice acuminatis, tri-quinquenerviis nervo
mediano vix prominente, recto, nervis lateralibus internis
acrodromis saepe suprabasilaribus, externis abbreviatis;
nervis secundariis tenuissimis, sub angulo acuto orientibus.*

In schisto arenaceo ad Niederschoena.

Diese in Niederschoena nicht seltenen Blätter zeigen in ihren
Eigenschaften die meiste Ähnlichkeit mit Blättern von neuholländischen Proteaceen, besonders *Conospermum-* und *Hakea*-Arten. Bei
Synaphaea dilatata und *S. polymorpha* R. Br. (den ungetheilten
länglichen Blatt-Varietäten), *Bellendenia montana* R. Br., *Adenan-
thos obovata* Labill., *Stenocarpus salignus* R. Br. kommen 3—5
Basalnerven vor, die sich mit dem Mediannerv unter sehr spitzem
Winkel schneiden. Die Secundärnerven entspringen wie an den
erwähnten Blattfossilien unter ziemlich spitzen Winkeln. Doch
erreichen bei den genannten jetzt lebenden Proteaceen die seitlichen
Basalnerven nicht die Blattspitze. Dies kommt aber vor bei *Conospermum triplinervium* R. Br. (Ettingsh. Apetalen, Taf. 35, Fig. 13,
14) und *Hakea dactylioides* Cav. (Ettingsh. l. c. Tafel 38,
Fig. 1—3). Durch den langen Blattstiel, die feinen Secundärnerven

und die mehr lanzettliche als lineale Blattform steht unsere fossile Proteacee dem *Conospermum triplinervium* entschieden am nächsten.

Von den Laurineen mit spitzläufiger Nervation (*Cinnamomum, Camphora, Litsaea, Daphnogene*) unterscheidet sich die beschriebene fossile Art wesentlich theils durch die feinen kurzen unter spitzeren Winkeln abgehenden Secundärnerven, theils durch den Mangel eines hervortretenden Blattnetzes.

Rhopala primaeva Ettingsh.
Taf. III, Fig. 5.

R. foliis pinnatis, foliolis coriaceis, breviter petiolatis vel sub-
sessilibus, oblongis vel lanceolatis, basi inaequilateris irregu-
lariter dentatis, nervo primario valido, recto, nervis secun-
dariis sub angulis acutis exeuntibus, arcuatis furcatis; ner-
vis tertiariis dictyodromis.

In schisto argilloso ad Niederschoena.

Längliche oder lanzettförmige, an der Basis auffallend ungleiche Blättchen von steifer lederartiger Textur. Der Rand ist unregelmäßig entfernt-gezähnt, die Spitze stumpflich. Die Secundärnerven gehen aus dem starken hervortretenden Primärnerv unter Winkeln von 30 bis 45° ab, sind bogig und zugleich geschlängelt, gegen den Rand zu meistens in feine Gabeläste gespalten. Die sehr feinen Tertiärnerven entspringen von der Außenseite der Secundären unter spitzen Winkeln und bilden ein lockeres vorherrschend aus quer-elliptischen Maschen zusammengesetztes Netz.

Dieses Blattfossil zeigt in der Form, Nervation und Textur eine so auffallende Ähnlichkeit mit Theilblättchen von *Rhopala*-Arten, daß ich nicht daran zweifle, in demselben einen Repräsentanten des genannten Geschlechtes für die Kreideflora gefunden zu haben. *Rhopala aneimiaefolia* *) aus den Tertiärschichten von Monod gleicht unserer Art bezüglich der Nervation am meisten; in der Form der Blättchen aber stimmen mit der letzteren die brasilianischen *Rh. inaequalis* Pohl und *Rh. affinis* Pohl überein.

Lomatites Palaeo-Ilex Ettingsh.
Taf. III, Fig. 16.

L. foliis petiolatis coriaceis, ovatis vel ellipticis, integris vel
basi inaequali lobatis margine remote denticulatis, nervo
primario valido, recto, nervis secundariis sub angulis acutis

---

*) Heer, Tertiärflora der Schweiz, Bd. III, S. 188, Taf. 153, Fig. 35.

orientibus, tenuibus subrectis, simplicibus et furcatis, nervis tertiariis angulis acutis exeuntibus dictyodromis.

In schisto argillaceo ad Niederschoena.

Entspricht einigermaßen der *Lomatia Pseudo-Ilex* Ung. aus der fossilen Flora von Sotzka, besitzt aber feinere Secundär- und Tertiärnerven und ein anderes Blattnetz. In der Blattform gleicht das Fossil am meisten der jetzt lebenden *Lomatia illicifolia* R. Br. Der dicke Stiel ist am Abdrucke unvollständig; er setzt sich in den stark hervortretenden Primärnerv fort, aus welchem die Secundärnerven unter Winkeln von 40—50° entspringen.

Die von Saporta beschriebenen *Lomatites*-Arten aus der Tertiärformation des südwestlichen Frankreichs weichen sowohl in der Blattform wie auch in der Nervation von obiger Art mehr ab.

Banksia longifolia Ettingsh.

Ettingshausen, Proteaceen der Vorwelt, Sitzungsber. Bd. VII, S. 730, Taf. 31, Fig. 19. — Tertiäre Flora von Häring, S. 53, Taf. 15, Fig. 11 bis 26. — Eocene Flora des Monte Promina, Denkschriften, Bd. VIII, S. 33, Taf. 7, Fig. 12—14, Taf. 8. — Wessel und Weber; Neuer Beitrag zur Tertiärflora d. niederrhein. Braunkohlenformation, S. 36, Taf. 6, Fig. 10, *a, b.* — Heer, Tertiärflora d. Schweiz, Bd. II, S. 99, Taf. 99, Fig. 1—3. — Sismonda, Paléontologie du terrain tertiaire du Piémont p. 52, pl. 28, fig. 4.

Syn. *Myrica longifolia* Ung. Fossile Flora von Sotzka, Denkschriften, Bd. II, S. 159, Taf. 27, Fig. 2. — *Myrica Ophir* Ung. l. c. S. 160, Taf. 27, Fig. 12—16.

In formatione tertiaria ad Sotzka, Sagor, Häring, Monte Promina, Leoben, Lausanne, Ralligen, ad Orsberg et Rott prope Bonnam, ad Turinam, nec non in formatione cretae ad Niederschoena.

Unter den Pflanzenfossilien von Niederschöna fand ich ein kleines schmal-lineales am Rande entfernter gezähntes Blatt, welches mit den Blättern der in der Tertiärformation sehr verbreiteten *Banksia longifolia* genau übereinstimmt.

Banksia prototypus Ettingsh.

Ettingshausen, Proteaceen d. Vorwelt, l. c. S. 722. — Über fossile Protaceen, l. c. Bd. IX, S. 822, Taf. II, Fig. 2—3.

B. foliis subcoriaceis, linearibus, 7—9 millim. latis, basi in petiolum brevem angustatis, argute serratis, nervo mediano tenui, nervis secundariis tenuissimis, approximatis, subsimplicibus, subrectis.

In schisto argilloso ad Niederschoena.

Durch den scharf gesägten Rand und die breiter lineale Blattfläche ist diese Art von der vorhergehenden, durch die nur wenig
verschmälerte Spitze und insbesondere durch die genäherten äusserst
feinen unter wenig spitzem oder fast rechtem Winkel entspringenden
Secundärnerven von *Dryandroides Zenkeri* zu unterscheiden.

Dryandroides latifolius Ettingsh.
Taf. III, Fig. 10.

*D. foliis coriaceis lineari-lanceolatis, 25 millim. latis, basi
apiceque acuminatis, margine serratis, dentibus approximatis abbreviatis acutis nervo primario valido, prominente,
recto, nervis secundariis arcuatis, vix conspicuis.*

In schisto argillaceo ad Niederschoena.

Entspricht der *Dryandroides banksiaefolia* Heer, einer in den
Schichten der Tertiärformation ziemlich verbreiteten Proteacee und
unterscheidet sich von derselben nur durch die kleineren mehr
gedrängt stehenden zugespitzten Randzähne und die mehr bogig
gekrümmten, wie es scheint entfernter stehenden Secundärnerven.
Ich habe bis jetzt nur das einzige hier abgebildete Blatt dieser Art
unter den Pflanzenfossilien von Niederschoena gefunden.

Dryandroides Zenkeri Ettingsh.
Taf. III, Fig. 1, 3, 11.

Salix fragiliformis Zenker, Beiträge zur Naturgeschichte der Urwelt,
S. 22, Taf. 3 *H.*

*D. foliis petiolatis coriaceis linearibus vel lanceolato-linearibus
vel oblongo-lanceolatis, 7—12 millim. latis, utrinque acuminatis, serrulatis, dentibus minutis acutis vel obtusiusculis,
approximatis, nervo primario distincto, recto, nervis secundariis tenuissimis, arcuatis.*

In schisto argillaceo ad Niederschoena, nec non ad Dreistätten Austriae
inferioris.

Dem in der Tertiärformation weit verbreiteten *Dryandroides
acuminata* Ettingsh. sehr nahe verwandt, jedoch durch die etwas
schärfere Randzahnung und die allmähliche längere Verschmälerung
der Basis verschieden. Die Secundärnerven verlaufen weniger bogig
gekrümmt und sind einander mehr genähert, als wie bei der vorhergehenden Art, von welcher sich die *D. Zenkeri* auch durch die bedeu-
tend schmäleren Blätter und die kleineren Randzähne unterscheidet.

Apocynaceae.

Apocynophyllum cretaceum Ettingsh.
Taf. III, Fig. 19.

A. foliis petiolatis coriaceis, oblongo-lanceolatis, integerrimis, basi subobtusis, apicem versus angustatis, nervatione campto-droma, nervo primario prominente, recto, nervis secundariis sub angulis 55—65° orientibus tenuibus, 15—20 millim. inter se remotis arcuatis, simplicibus.

In schisto argillaceo ad Niederschoena.

Der Blattstiel ist am Abdrucke abgebrochen, mußte daher ziemlich lange gewesen sein. Von Tertiärnerven konnte ich nichts wahrnehmen. Das Blatt ist größer, breiter und an der Basis mehr stumpflich als das sehr ähnliche Blatt von *Apocynophyllum haeringianum* Ett. aus der Tertiärflora von Häring in Tirol. Bei letzterem entspringen die Secundärnerven unter etwas stumpferen Winkeln. Von den Apocynaceen der Jetztwelt kommt der beschriebenen Art eine noch unbestimmte asiatische *Tabernaemontana*-Art (Ettingsh. Blattskelete d. Dicotyled. Taf. 29, Fig. 8) sehr nahe.

Ampelideae.

Credneria cuneifolia Bronn.

Bronn, Lethaea geogn. 1846. p. 583, t. 28, f. 11. — Geinitz, Characteristik der Schichten u. Petrefacten des sächsisch-böhmischen Kreidegebirges. S. 97.

C. foliis cuneiformibus lateribus subrectis apice truncatis sinuato-dentatis marginatis penninerviis, nervis secundariis ramosis, rete venoso denso.

In schisto argilloso ad Niederschoena.

Daß die Crednerien nicht mit dem Geschlechte *Populus*, sondern mit *Cissus* am nächsten verwandt sind und daher auch nicht den Salicineen sondern den Ampelideen eingereiht werden müssen, habe ich bereits an einem anderen Orte (S. Jahrbuch der k. k. geol. Reichsanstalt, II. Bd., Abth. 2, S. 171) ausgesprochen.

Von dieser und den nachfolgenden Arten sah ich wohlerhaltene Blätter theils in der Cotta'schen Sammlung, theils im kais. Hof-Mineralien-Cabinete; darunter auch Exemplare, welche über die Selbstständigkeit der letzteren in mir einige Zweifel erweckten. Es

mangelte mir jedoch das genügende Material um hierüber Aufschluß
zu erhalten.

Credneria Geinitziana Ung.

Unger, Genera et species plant. foss. p. 422.

C. foliis transversim ellipticis, apice dentatis.

In schisto argilloso ad Niederschoena.

Credneria grandidentata Ung.

Unger, in bot. Zeit. 1849, Nr. 19, S. 348, Taf. 5, Fig. 5. — Genera et spec.
plant. foss. p. 422.

C. foliis rhomboidalibus, lateribus inferioribus subrectis, superi-
oribus sinuato-dentatis, haud marginatis, penninerviis, ner-
vis secundariis ramosis, rete venoso laxo.

In schisto argilloso ad Niederschoena.

Acerineae.

Acer antiquum Ettingsh.
Taf. III, Fig. 17.

A. foliis parvulis petiolatis subcoriaceis, palmatim trilobis vel
subquinquelobis, basi rotundatis, lobis inaequalibus ovatis
vel lanceolatis, integerrimis obtusiusculis, lateralibus paten-
tibus, medio multo latiore, sublobato, sinubus angulum rectum
vel acutum formantibus; nervis primariis tribus basilaribus,
medio prominente recto, nervis secundariis tenuissimis arcu-
tis angulo acuto exeuntibus, nervis tertiariis obsoletis.

In schisto argilloso ad Niederschoena.

Bei der Bestimmung dieses interessanten Fossils hatte ich die
Geschlechter *Quercus, Manglesia, Anadenia, Grevillea, Liriodendron* und *Acer* im Auge. Die mehr zarte als lederartige Textur, welche
der Abdruck verräth, die Form und Tracht des Blattes, sowie auch
die Nervation veranlaßten mich das fragliche Fossil der letzteren
Gattung einzureihen.

Dasselbe läßt sich mit dem Blatte von *Acer decipens* Heer der
Tertiärflora der Schweiz sehr wohl vergleichen, weicht jedoch von
demselben hauptsächlich durch den viel größeren und breiteren, am
Ursprunge (an dem abgebildeten Exemplar zufällig nur auf einer
Seite) lappig eingeschnittenen Mittellappen und die abgerundete,
nicht herzförmige Basis ab. Der ziemlich dünne Stiel ist am Abdrucke

abgebrochen, der Mittellappen an der Spitze verletzt. Die Basalnerven divergiren untereinander wie bei *Acer decipiens* unter Winkeln von 45—60°, der mittlere ist aber doppelt so stark als die seitlichen. Die sehr feinen Secundärnerven entspringen am Mittellappen unter Winkeln von 40—50°. An den seitlichen Basalnerven fehlen, wie auch bei *Acer decipiens* hervortretende Außennerven. Der Zipfel am Mittellappen wird nur von einem Secundärnerv, der aus dem mittleren Hauptnerv entspringt, versorgt.

Celastrineae.

Celastrophyllum lanceolatum Ettingsh.

Taf. III, Fig. 9.

C. foliis rigide coriaceis oblongo-lanceolatis, remote serrulatis, basi attenuatis nervo primario valido recto, nervis secundariis tenuibus, sub angulo acuto orientibus, brochidodromis, nervis tertiariis tenuissimis, sub angulis acutis variis vel subrectis egredientibus, dictyodromis.

In schisto argillaceo ad Niederschoena.

Nach der Form, Zahnung des Randes, sowie nach der anscheinend derben lederartigen Beschaffenheit und der Nervation stimmt dieses Blatt am meisten mit Blättern von *Elaeodendron*- und *Celastrus*-Arten der Jetztwelt überein. Ich halte dasselbe deßhalb für ein Celastrineenblatt, kann jedoch keine Art dieser Geschlechter bezeichnen, mit welcher es sich in eine nähere Beziehung bringen ließe.

Celastrophyllum integrifolium Ettingsh.

Taf. III, Fig. 14.

C. foliis coriaceis, ovatis vel subrhombeis, integerrimis, utrinque paullo angustatis, apice obtutis, nervo primario valido, excurrente, nervis secundariis tenuibus, vix conspicuis.

In schisto argillaceo ad Niederschoena nec non ad Aigen prope Salisburgum.

Das vorliegende Blattfossil ist an der Basis verletzt; die Spitze scheint umgebogen zu sein. Der scharf hervortretende Rand und der starke Primärnerv deuten auf eine steife derbe Blattextur. Von Secundärnerven, die sehr fein gewesen sein mußten, sind nur Spuren wahrzunehmen.

Einige Arten von *Pterocelastrus,* besonders *P. tetrapterus* W a l p. (Et t i n g s h. Celastrineen, Taf. 4, Fig. 1) vom Cap der guten Hoffnung, scheinen in der Blattbildung mit der fossilen Pflanze in auffallender Weise übereinzustimmen, worüber besser erhaltene Reste in der Folge Aufschluß geben dürften.

Myrtaceae.
Callistemophyllum Heerii Ettingsh.
Taf. III, Fig. 13.

C. foliis rigide coriaceis, lanceolato - linearibus, integerrimis, basi acutis, apicem versus angustatis, nervo primario prominente, nervis secundariis tenuissimis approximatis, angulo acuto exeuntibus.

In schisto argillaceo ad Niederschoena.

Dem *Callistemophyllum melaleucaeforme* Ett. der fossilen Flora von Häring entsprechend, aber kleiner und an der Basis nur spitz, nicht verschmälert. Das Fossil fällt durch seine glänzende Oberfläche, die ziemlich starke Verkohlung seiner Substanz und durch den verhältnißmäßig mächtigen Primärnerv auf, Eigenschaften, welche auf ein besonders dickes starres Blatt schließen lassen, wie solche vielen Myrtaceen zukommen.

Papilionaceae.
Palaeocassia angustifolia Ettingsh.
Taf. III, Fig. 6 und 7.

P. foliis pinnatis, foliolis petiolatis, subcoriaceis anguste vel lineari-lanceolatis, integerrimis, basi subaequali vel obliqua acutis, apice acuminatis, nervo primario distincto attenuato, nervis secundariis tenuissimis arcuatis approximatis; rhachi crassa, striata.

In schisto argillaceo ad Niederschoena, nec non ad Aigen prope Salisburgum.

Das hier abgebildete Fossil stellt ein Bruchstück einer stark macerirten zerrissenen Blattspindel dar, sammt einem Theilblättchen, welches an einem zum Theile losgetrennten Fetzen der Spindel noch befestigt ist.

Daß dieses Fossil einer Papilionaceen-Art angehörte, dürfte kaum zu bezweifeln sein. Obgleich dasselbe eine unverkennbare Ähnlichkeit mit *Cassia*-Arten zeigt, so schien es mir doch gewagt, nach den wenigen und zu unvollständig vorliegenden Resten diese jetztweltliche Gattung für die Kreideflora anzunehmen.

Palacocassia lanceolata Ettingsh.

Taf. I, Fig. 8; Taf. III, Fig. 8.

P. foliis pinnatis, foliolis petiolatis, membranaceis lanceolatis, integerrimis, basi inaequali acutis, apice acuminatis, nervo primario distincto, prominente, nervis secundariis camptodromis, subflexuosis.

In schisto argillaceo ad Niederschoena, nec non ad Aigen prope Salisburgum.

Entspricht der *Cassia Phaseolites* Ung. aus den fossilen Floren von Sotzka und Radoboj, mit welcher dieses Fossil in der Blattbeschaffenheit und Tracht ziemlich übereinstimmt. Es unterscheidet sich jedoch von der genannten Art durch den längeren Stiel und die auffallend stärker verschmälerte Spitze der Theilblättchen.

Mimoseae.

Inga Cottai Ettingsh.

Taf. III, Fig. 18.

P. foliis bigeminis, foliolis subsessilibus vel brevissime petiolatis ovato-oblongis, vel ellipticis integerrimis, basi obliquis, nervo primario distincto, recto, nervis secundariis tenuissimis, angulo acuto egredientibus, plerumque obsoletis.

In schisto argillaceo ad Niederschoena.

Die nächst verwandte fossile Art ist *Inga europaea* Ettingsh. der Tertiärflora von Häring. Von derselben weicht die oben beschriebene Art durch die nur an der Basis schiefen Blättchen ab. Hierin gleicht sie jedoch der westindischen *Inga foedita* Willd. (Ettingsh. Blattskelete der Dicotyledonen Taf. 95, Fig. 2), welche als die Analogie dieser Kreidepflanze in der Flora der Jetztwelt zu betrachten ist.

Planta incertae sedis.

Carpolithes cretaceus Ettingsh.

Taf. III, Fig. 2.

C. fructu elliptico, pericarpio coriaceo, longitudinaliter costato, apice truncato.

In schisto argillaceo ad Niederschoena, nec non ad Aigen prope Salisburgum.

Erklärung der Tafeln.

Tafel I.

Fig. 1—2. Wedelfragmente von *Didymosorus comptoniaefolius* Debey et Ettingsh.

„ 3. Rhizombruchstück von *Culmites cretaceus* Ettingsh.

„ 4—6. Fruchtzapfen von *Cunninghamites Sternbergii* Ettingsh.

„ 7. *Xylomites ellipticus* Ettingsh. Auf einem Blatte von *Ficus Geinitzii* Fig. 7 *b* dieser Blattpilz vergrößert dargestellt.

„ 8. *Phacidium Palaeocassiae* Ettingsh. Auf einem Fiederblättchen von *Palaeocassia lanceolata*. Fig. 8 *b* und *c* der Pilz vergrößert gezeichnet.

„ 9. Fruchtzapfen von *Cunninghamites Oxycedrus* Sternb.

„ 10. Zweigbruchstücke von *Frenelites Reichii* Ettingsh.

„ 11—12. Wedelfragmente von *Pterophyllum saxonicum* Reich. Fig. 12 *b* ein Fiederbruchstück vergrößert dargestellt.

„ 13. Blattfragment von *Daphnogene primigenia* Ett.

Tafel II.

Fig. 1. Stammbruchstück von *Caulinites stigmarioides* Ettingsh.

„ 2. Blatt von *Quercus Beyrichii* Ettingsh.

„ 3. Blatt von *Fagus prisca* Ettingsh. Fig. 3, *b* die Nervation desselben vergrößert.

4. Blattfragment von *Artocarpidium cretaceum* Ettingsh.

„ 5. Blattfragment von *Ficus protogaea* Ettingsh.

„ 6. Blatt von *Ficus bumelioides* Ettingsh.

7, 9—11. Blätter von *Ficus Geinitzi* Ettingsh. Fig. 9 *b* die Nervation vergrößert dargestellt.

„ 8. Blatt von *Daphnites Goepperti* Ettingsh.

„ 12. Blatt von *Protea Haidingeri* Ettingsh.

„ 13. Blatt von *Laurus cretacea* Ettingsh.

Tafel III.

Fig. 1, 3 und 11. Blätter von *Dryandroides Zenkeri* Ettingsh.

2. *Carpolithes cretaceus* Ettingsh.

„ 4 und 12. Blätter von *Conospermites hakeaefolius* Ettingsh.

„ 5. Theilblättchen von *Rhopala primaeva* Ettingsh.

6. Blättchen, Fig. 7 Spindelbruchstück mit einem Blättchen von *Palaeocassia angustifolia* Ettingsh.

Fig.   8. Fiederblättchen von *Palaeocassia lanceolata* Ettingsh.
  „   9. Blatt von *Celastrophyllum lanceolatum* Ettingsh.
  „   10. Blatt von *Dryandroides latifolius* Ettingsh.
  „   13. Blatt von *Callistemophyllum Heerii* Ettingsh.
  „   14. Blatt von *Celastrophyllum integrifolium* Ettingsh.
  „   15. Blattbruchstück von *Daphnogene primigenia* Ettingsh.
  „   16. Blatt von *Lomatites Palaeo-Ilex* Ettingsh.
  „   17. Blatt von *Acer antiquum* Ettingsh.
  „   18. Blattfragment von *Inga Cottai* Ettingsh.
  „   19. Blatt von *Apocynophyllum cretaceum* Ettingsh.